U0055107

出日

——慧子詩集

火金姑台語文學基金贊助出版⑤

「含笑詩叢」總序／含笑含義

叢書策劃／李魁賢

　　含笑最美，起自內心的喜悅，形之於外，具有動人的感染力。蒙娜麗莎之美、之吸引人，在於含笑默默，蘊藉深情。

　　含笑最容易聯想到含笑花，幼時常住淡水鄉下，庭院有一欉含笑花，每天清晨花開，藏在葉間，不顯露，徐風吹來，幽香四播。祖母在打掃庭院時，會摘一兩朵，插在髮髻，整日香伴。

　　及長，偶讀禪宗著名公案，迦葉尊者拈花含笑，隱示彼此間心領神會，思意相通，啟人深思體會，何需言詮。

　　詩，不外如此這般！詩之美，在於矜持、含蓄，而不喜形於色。歡喜藏在內心，以靈氣散發，輻射透入讀者心裡，達成感性傳遞。

　　詩，也像含笑花，常隱藏在葉下，清晨播送香氣，引人探尋，芬芳何處。然而花含笑自在，不在乎誰在探尋，目的何在，真心假意，各隨自

然，自適自如，無故意，無顧忌。

詩，亦深涵禪意，端在頓悟，不需說三道四，言在意中，意在象中，象在若隱若現的含笑之中。

含笑詩叢為台灣女詩人作品集匯，各具特色，而共通點在於其人其詩，含笑不喧，深情有意，款款動人。

【含笑詩叢】策畫與命名的含義區區在此，初輯能獲八位詩人呼應，特此含笑致意、致謝！同時感謝秀威識貨相挺，讓含笑花詩香四溢！

2015.08.18

一顆無法拋荒的詩心
──以讀慧子《出日》時的直覺為序

林央敏

這本《出日》可說是「千呼萬喚始出來」的詩集，這句話包含兩層含意：

其一，數年來，印象中每讀到慧子的台語詩，心裡總會浮起一個「讚」字，並且自個兒點點頭，像是在附和那個無聲的「讚」，這純然是做為一個品詩人在「粗讀」與「初讀」的情況下產生的直覺，尚未詳細考究作品到底「讚」在哪裡，但光憑這個直覺就促使我在最近這兩三年中，每遇到慧子，大約都會當面建議她或期待她能夠整理詩作、結集出版，以便增加人們的文學眼福，得以一次享個飽，但她總是謙稱數量不足、眼高手低，並用一句「尚待努力」當推遲理由，讓我以及多位曾「當面」或「背面」都讚賞過她的作品的朋友期望落空，直到今年（2015）十月初，她忽然「猶抱手機全遮面」的說她的處女詩集（debut poetry anthology）整理好了，希

望我能幫忙寫一篇序，我在嚇一跳之餘驚呼一聲
「呼」，這「呼」字的台語音很像「好」的台語
音，想這本千呼萬喚吼出來的好詩集，蒙作者看
得起，自當恭喜不如從命，便一口答應。

　其二，檢視一下收錄在這本詩集中的作品
總共49首（不含二首台譯的英詩），最早的寫
於2005年10月，最晚的寫於2015年8月，前後十
年。如果十年來她只寫這49首小品詩[1]，那也真
是太「千呼萬喚始出來」了，難怪她過去會自嘲
「數量不足，惰性十足」，但我以為她是本著精
心創作的嚴謹態度在寫詩。如果她的作品不只這
些，卻只願收錄這些，實是一種對文學尊重、對
出書慎重的態度，即精挑細選、寧缺勿濫，這也
顯示她對讀者、對出版者的盡責態度，絕不以粗
製的產品餵食詩壇。

　現在我知道了，當慧子把名為「《出日》
全書稿一个檔.docx」的Word檔寄來後，我打開
檔案，從第一首開始仔細閱讀下來時，為何會在
心裡連連「按讚」而且不想快轉跳過任一首的原

---

[1]　何謂「小品詩」並無公認的定義標準，或指10行以下者；或指20行、30
行、50行以下者，筆者是將百行以下的白話體新詩一律統歸為小品詩，而
所謂「詩」一般都指小品詩。

因，原來篇篇都是出自作者精雕細琢或精挑細擇的佳作，無怪乎當我讀完半冊時，心裡不但沒有稱讚，反而輕輕搖頭，喟然一嘆，吐出一句（台語）：「真是一粒無法度拋荒的詩心」的感觸，意思是說慧子具有一顆連她自己都荒廢不了的詩心。通常一個人即使興趣文學、擁有文學資質，但經久廢棄不用也會鏽蝕，過了人生某個階段便失去可堪再用的機能與動能，縱使有一天想再創作大概也力不從心或心力兩瘁了。但慧子顯然有顆超強的詩心，這顆詩心從青少年至今一直堅韌的暗自活著，沒因主人對它棄置不顧或未加灌溉而枯萎，一旦等到主人幡然頓悟，給予回眸一媚，便又像忍不住的春天那樣跳動起來。方才我說「沒有稱讚」是想到慧子竟然把自己的詩心長期「鎮壓」到2005年才加以解嚴，這一點自然不能稱讚，幸虧這粒文學種子是天生的，而既是上天所賦，任誰也無法將它荒蕪。

　　我會這麼覺得，起自四十年前就認識慧子。1974年夏天，慧子進入嘉義師專成為我的學妹，那年我新任校內文學社團的社長，慧子和她的同班同學共約五、六人一起來入社，往後藉由社團活動、編輯刊物以及大家一起閱讀名著並發表心

得的經驗中，我覺得她們當中有三、四人能力甚佳，並直覺慧子的文學資質更優於其他人，果然往後三年間，除慧子外，她們都有文章被印在嘉義師專的三種校內期刊上，我以為慧子也許使用筆名，問她，她說不曾投稿，就這樣曾經同校又同社團三年卻從未讀過她的作品。我畢業後的二十幾年間，人海兩茫，更不知她是否有作品問世，直到2006年春，才首次看到她的作品──一首台語詩〈等待一條歌〉發表在《台文戰線》上：

　　　一粒酒醉的星／跋落／滑對天邊去的時／猶佫呶呶念…
　　　伊坐置窗前／佮星對飲清芳的寂寞／…（省略）…
　　　冷風輕輕捋開伊的窗仔簾／月娘恬恬心痛／燈火伴著希微的形影／一本冊攏是停蹄彼頁／／…（省略末二段）…

　　這首詩文字優美、情感豐富而含蓄，充分應用一種不著痕跡的「自然擬人法」將許多自然物「轉化」為人，使文句充滿生命感而產生濃密的詩質。後來我才知道這是慧子發表的第一首

詩，且是許多詩人不容易掌握的台語詩，她竟能一出手就寫得這麼好，又聽聞她謙虛的說自己之接觸台語文學還不到半年，真是不鳴則矣，一鳴驚人。這情形除了她「天賦詩才」又肯「精心創作」之外難以解釋，當然，也許可以加上一種猜測：即「雖過去疏於寫作，但勤於閱讀佳作」，如是使其功力深厚。

　　如前所述，在我喟然讚佩慧子具有一顆無法拋荒的詩心後，繼續往下閱讀，正當進入本書的「輯五」（第五卷）時又吃了一驚，因為排在「輯五」的第一首詩就叫〈詩心〉，詩裡也出現「拋荒」字眼，內容很像作者的自白，恰好印證我閱讀《出日》時所產生的直覺，全詩如下：

　　　　你講／你有看見一粒七竅玲瓏的詩心／包甲密周周／藏置保險箱仔

　　　　你敢毋知／伊加著七層鎖／鎖匙／甭見置拋荒的歲月／沉落置記憶的溪河／千找都找無

　　　　泛勢　保險箱仔抑無詩心／上僥　倩一支生銹的劍／像秦墓兵馬俑仔所夯彼支／未曾出鞘

　　這是《出日》一書中最早寫的詩，這首詩可以解讀為作者在回答某人、也可以是作者分化成兩個角色在回答自己為何以前沒有作品的疑問，原來是這顆靈巧美妙的詩心被保護過度、珍藏過久，開啟它的鑰匙也遺失了，以致像一支生鏽的劍「未曾出鞘」（借喻沒寫過詩）。這首詩從頭到尾以多種譬喻寫成，而且毫不晦澀，既美麗又成功。不過這首詩的美妙處不只字面上看到的，它還隱含一個「情境的反諷」（situational irony）沒有寫出來，最後一句「未曾出鞘」有提示作用，提示這首詩寫的是過去式，同時暗示（hint）情況不同了，不再禁錮的未來式正在進行式中，因為這首詩的存在恰恰反襯「劍已出鞘」，所以才有〈等待一條歌〉搶先發表以及往後的作品陸續問世。

　　明白慧子封劍與解封的答案後，便一口氣拜閱到底，讀完，覺得這趟咀嚼作者十年磨一劍的成果不虛此行，全書內容豐富，大致說來，「輯一」是作者品賞文藝作品的感觸，當中可見得作者對天地事物的敏感觸鬚及悲憫精神；「輯二」為愛情主題，慧子在寫愛情詩，觀察入微，感情細膩，語調輕柔唯美；「輯三」以簡單敘事的

方式書寫人物來反映教育和政治問題,寫政治部
份的語言強勁有力;「輯四」描寫人類的心理狀
態,特別是憂鬱情緒的表現、克服及相關雜感,
這類題材,作者採比較隱晦的方式呈現;「輯
五」也寫人物,但偏向與宗教信仰、悼祭亡靈及
老年生活有關的主題;「輯六」都是紀遊詩,寫
景之中兼有抒情述志及關懷土地,由此可感受到
作者強烈的故鄉情懷和環保意識。「輯七」像是
附錄,包含三首童詩和二首作者用台語翻譯的紀
伯倫(Khalil Gibran)作品,慧子的童詩寫得相
當特別。

　　基本上這本書裡的每一首,無論題材、事
物之大小,作者都掌握得不錯,讓讀者在閱讀的
同時也享受到文學的美感經驗。筆者以為,本書
除了做為書名的〈出日〉和〈濁水溪,我向你洄
去〉這兩首比較普通外,其他各篇都有高水平的
表現。這顯示作者的詩藝既佳又嫻熟,但寫詩光
懂得詩藝還不夠,必須要有豐富的想像力才能讓
技巧運用得圓融自然,並創造出新鮮動人的意
象,使詩充滿美感,這裡僅舉數例,可看得出作
者的想像力:

「雨水洗過老梅仔欉／離枝的梅仔攏互青草承（sîn）咧」（〈昨暝落雨〉）、

「褪肉體的囝仔傀置溪邊的石頭頂／藍天垂到伊的雙手／伊輕輕揪一下／給耳孔內滿滿的水流包起來」（〈時間陪我恬恬傀咧〉）、

「遠遠的釣客無聲／共釣鈎拋向破碎的彩霞／一個問號／倒頭栽／飛過夕陽」（〈揣〉）、

「路刻入石枋，隨雲嶺起落盤旋」（〈初探五里程〉）、

「順溪路泅入平洋的魚仔／親像泅入長長的暗暝」（〈牛稠溪〉）、

「彼幾塊厝瓦／綴主人離開的跤步跋落土／揪袂牢遠去的背影，瓜仔鬚／猶絃絃捒（la̍k）著門窗／置風中看望」（〈拋荒的小山村〉）

書中，這種想像力的結晶相當多，就連童詩也一樣，慧子除了掌握到一般童詩具有的簡單、天真、有趣和奇想等特質外，更是發揮不同凡響的想像力，比如最短的這首〈感冒去互醫生看〉：

　　醫生問我啥症頭，／我講北風嘛驚寒，／走來匼踞阮嚨喉，／害我酷酷嗽。／醫生安慰無要緊，／護士阿姨一支射筒／就會共北風趕走。

　　《出日》詩集所含有的詩藝當然不只筆者提到的，本文只是舉比較突出的項目小談一下而已，此外慧子的詩也富有節奏感、旋律感，這反映作者應具不低的音樂素養以及對語文音感的高度敏感度，這部份請讀者自己朗讀便知，為省篇幅，拙序就此打住。現在，整本書筆者已先睹為快，等她出版後，相信能給更多愛詩、寫詩的新手、老手們後讀更樂和幫助。

　　　　　　2015.10.22林央敏寫於桃園中壢

出日
——自序

　　出日，是一種狀態，在連綿陰雨以後，雲縫現出一片日光，充滿歡喜和希望。

　　我是一個鄉下孩子，小時候一向奉老師的話為真裡。記得在國校四年級時，有一天我和最要好的同學頭抵頭躺成一直線聊天，我們相約：我們要愛國，以後在學校在家裡都要說「國語」。雖然不久的「以後」，我們在「請說國語」的掛牌抓不到的所在，還是講台語，但小小的心靈對「國語」的尊敬是不容懷疑的。

　　四年級下學期我從偏遠的小學轉學到鄉裡的中心小學，有很長的時間，一到下課，我就如坐針氈。那時下課鐘響，熱情的同學就遵照老師的吩咐圍在我身邊，要和我「做朋友」，他們你一言我一語，問東問西，我卻只能低頭不語做啞巴，因為我不習慣用「國語」對話啊！直到會捲起僵硬的舌頭，會噘起嘴唇說出「標準國語」，

我才能自在一點和同學相處。

　　之後我讀師專當老師，研究「國語」也教「國語」，我視「說國語」為理所當然，結婚後甚至曾抱怨為甚麼婆婆不學說「國語」以方便和孫子溝通。

　　2005年8月，因為工作的需要參加教師台語教學研習會，首次接觸台語文學，接著看完林央敏所著的台語長篇史詩《胭脂淚》，驚覺台語竟可以做這樣深入而偉大的文學表現，她足以表達細膩的情緒，宏大的理念，多層次的事物，足以承載歷史傳奇，刻劃深刻的愛情，她不只是我以往所認知的，只能做日常生活對話的語言。《胭脂淚》除了本身具極高的文學價值外，以台語書寫更給我一種前所未有的閱讀體驗，讀著念著，我心的深處被某一種感情重重撞擊了，好像無意中在櫃子底層發現不見了許久的珍寶，猛然想起自己曾經擁有她，而這寶貝是甚麼時候弄丟的啊！隨著，所有和她相關的人事物一一浮現，在我心裡激盪不已。

　　多麼豐富多麼親切多麼優美的母語啊！而她，被塵淹被壓抑得快沒氣了！

　　感謝林央敏老師，在他的鼓勵下，我開始用

我的母語創作，我試著用台語寫詩，寫散文，寫小說，寫評論，想為台語的文學田園做些甚麼。開始我以為自己是在為台語付出，最後卻發覺在我打拼找回母語的過程，台語也讓我把自己找回來了。

　　這本詩集是我的第一本書，收錄我自2005年至2015年的詩作和2首英詩台譯，共51首。內容包含對生態、政治、教育、鄉土、身邊人物的關懷，以及關於愛情、旅遊與生命的感觸等主題，其中4首應高雄美術館之邀為藝展活動寫的欣賞畫與雕塑作品的詩，3首收錄在小學台語課本的兒童詩。

　　〈等待一條歌〉是第一首發表的詩，那時聽到陳謙作詞，林福裕作曲的台語歌曲〈今夜阮有一條歌〉，非常喜歡，歌者緩緩低訴：「今夜阮有一條歌，毋知安怎唱予你聽……」，跟著反覆吟唱之餘，就為歌者所暗慕的她寫出一個等待的故事。書中的其他情詩，試著捕捉愛情的甜美，讓我回到年輕時的心境。

　　〈獻祭〉是最後寫的一首詩，紀念反微調課綱的學生烈士林冠華，我想讓他活在詩裡，我希望為公義犧牲的人，不要被忘記。〈日頭花會永

遠紀念〉也是為了「記住」，記住一群熱血的少年。當然，要被記住的，不僅是抵抗的一方，也包括了壓迫的一方。

〈逐暝我攏安呢祈禱〉起因久在教育現場的焦慮與無奈。教室裡總有一些學習弱勢的孩子，我們的教育卻要求他們和大家學習一樣的課程，接受一樣的考核。那一年我帶小學二年級，班上有一個所謂的過動兒，他無法專注學習，衝動易怒，不但課業嚴重落後，人際關係也讓人費心，想到未來他將面對愈來愈艱深的課業，情緒愈來愈複雜的青少年同儕，總是讓我非常憂心，我誠摯祈禱教育能脫離「一致化」的僵化，讓許多孩子脫離這種可怕的牢籠。

〈放手〉是為了自我療癒。一個晚輩選擇放棄生命，雖然那個晚輩和我並無血緣關係，但有幾個月的時間，我夜夜難眠。一天晚上，我從床上跳起來，決定面對這件事，面對自己的情緒。寫完這首詩後，我真的放手，走出這層憂傷。

詩是力量強大的宇宙神器，可以抒情言志，可以敘事寫史，萬般功能，要本身也夠強大的詩人才能完全運用，縱情遊刃，我只能略執一端，紀錄生活中的種種感觸。

　　〈出日〉不是詩集中我特別滿意的一首詩，
但我喜歡「出日」這個詞帶著的歡喜和希望，陰
雨難免，總會出日。

　　感謝林央敏老師一路的牽教鼓勵，感謝火
金姑台語文學基金的補助出版，你們為台語文學
的用心與付出，將會激勵更多人在這條路上奮
力前進。

2015.10.17

目　次

輯七　囡仔詩佮譯詩

輯一　野台戲

牛受氣

原來你置茲
跤蹄猶黏著七月的土芳
銅身鐵骨，有彼年的日頭光
微微流閃

原來你置茲
放白鴿鷥踮田園希希微微
互埤仔邊的老榕揣無你
做穡人不時向（ńg）天吐大喟
當牛角月掛就天
會引動屈置他鄉的囝仔
想著啥物

你置茲
四支跤出力釘根
偃偃（àⁿ）毋看頭前
你鼻仔歕出燒氣

駛性地毋徙半聱
抗議「做牛毋驚無犁通拖」
是騙人的俗語

牛啊！莫佫受氣
行，溪邊的牧草猶鮮
行，日頭跤咱來泅水
你要相信
青色的田園
會永遠為咱的子孫堅持

2012.12.19

2012年應高雄美術館邀請，為美術館2014年「藝享天
開詩與樂」活動，詩寫吳李玉哥女士雕塑作品「牛生
氣」。

小小稻草人

狗年月又佫安怎！
貓佮鼠又佫安怎！
瓜笠摷（tshiâu）正正
衫褲穿畢紮
一个人徛[1]置田中央
佫尼快活

燒絡的日頭跤
愛耍的風飛來做伴
那癢（ngiau）伊的面
那佮伊粕豆開講
風紮來海螺的消息
交換稻草人的心情

飽穗的稻仔肩搭肩
圍踮四邊晃頭跳舞

---
[1]　徛，音khiā，站立。

稻草人故意幹頭，據在
一對雀鳥仔歇蹲後壁稻尾溜
寬寬仔啄，食甲遐安穩

小小的稻草人
嘛分予徛置對面的我
一港清風

2012.12.19

2012年應高雄美術館邀請，為美術館2014年「藝享天開
詩與樂」活動，詩寫畫家袁金塔畫作「小小稻草人」。

野臺戲（1）

起鼓了後
一个跟一个，咬乎牢（tiâu）
連接這條生命河
這條河──
烏佮白佮所有跟隨者
最後會流向結束
抑是
一種轉換

碉堡平平靜靜
放送頭安安穩穩
眾神無聲
觀看這齣戲
置呼、吸
置轉、踅
置烏、白……
之間，安怎收煞

2013.04.09

2012年應高雄美術館邀請，為美術館2014年「藝享天開詩與樂」活動，詩寫畫家蘇旺伸先生畫作「野台戲」。

野臺戲（2）

死貓吊樹頭
死狗放水流
安安靜靜
主演一齣台灣人的風俗

樹椏（ue）是道場
生命置茲幻化
流水是渡頭
角色置茲轉換
信仰激做藝術
徛自然主義的旗

置天遠地闊之間
鑼鼓化去，眾神無聲
這齣戲
轟轟烈烈搬互野風看

2013.04.09

窘笑
——看米蘭・昆德拉的《玩笑》[1]

寫置卡片面頂，
一个細細个仔的窘（kun）笑，
煞去砧（tiam）著社會主義敏感的神經。
彼個窘笑——比茶箍波較輕，
恬恬淪（lián）落來，
就共生命砥（té）落去烏暗的礦坑。

報復的意念孵甲發光，
凝做碇矴矴的拳頭母，
相中中（tsiong）
舂（tsing）落去！
……
干焦（kan-na）看著風軟軟仔搖
***
悶悶的旗底等一港起雲的風，

---

[1] 捷克作家米蘭・昆德拉著，黃有德譯，皇冠文化1992出版的長篇
小說。

滾蛺的民間藝術等欲燃（hiâ^n）燒
一粒一粒冷吱吱的心。
昆德拉啊！
眾王騎巡[2]鬧鬧熱熱，
嘻嘻嘩嘩的馬蹄
敢踏會出咱熟識的旋律？
           ***
當所有嚴肅看待的
攏輕做一粒水波
活咧，一切的價值
只有用「相信」去煉製

2008.12.03
發表置《海翁台語文學》2009.02第86期

---

[2]　眾王騎巡：捷克摩拉維亞一个地方性的民俗活動，參加的人穿女
　　裝，假扮女人，其中一个蒙面扮國王，其他的扮伊的侍衛，騎馬
　　遊行。

詩人啊！毋通貧惰

恁底講啥？
天星渥澹露水
露水照光花芳
花芳醉倒清風
清風梳過水面
水面迷惑雲影
……

世界底向咱講話
詩人啊！毋通貧惰
你得翻譯互阮聽
插用你詩句的翅股
我會飛起哩上懸的山嶺
置比冰山佫較懸的所在
摸著神聖的光

恁底講啥？
蛇話交纏罌粟花

霓虹燈透濫粉紅佳人[1]
瑪門[2]趕走眾神
精神置曠野拋荒
心靈散赤的厝宅
傳出低低的哭聲…

阿母的心底疼
詩人啊！毋通貧惰
你得翻譯互阮聽，
迷失的囝仔
會綴你詩句發出的微光
揣著連接肚臍帶的路

2007.12.22
發表置《海翁台語文學》2008.08第80期

---

[1]　粉紅佳人：一種調酒的名。
[2]　瑪門，指財利。和合本聖經有這句：你們不能又事奉上帝，又事奉
　　瑪門。

輯二　時間陪我恬恬儑咧

聽講愛情

十八歲，八十歲，
流入去的嚨喉是啥年紀
咖啡無在意
就算感覺淡薄仔無仝
總有苦味

愛情總是得意
八十歲？十八歲？
當著攏是頭眩眩
失去南北東西
袂記得萬項攏有賞味期

金門高粱上堅強
標記保存無期限
你共開
囥久嘛會變做水

2014.03.11
發表置《海翁台語文學》2015.09第165期

昨暝落雨

桂竹筍托（thú）開土肉
彼目眲（nih），有誰（siáng）聽見？
春雨落歸暝
癡癡癡癡……
聲音的後壁
誰看著啥物？

山鳥醒矣
窗仔白矣
竹雞仔叫聲
響響，響到對岸
奇佫怪，奇佫怪[1]
山谷白霧貯滇滇[2]
是誰遐慷慨？

---

[1] 奇佫怪：同時模擬竹雞仔的叫聲。
[2] 貯，音té，裝；滇，音tīⁿ，滿。

雨水洗過老梅仔欉
離枝的梅仔攏互青草承（sîn）咧
落外儕？算袂清！
「芳芳抾來做Q梅」
阿姨徛置樹邊講
手掊現挶（at）的桂竹筍
澹澹濕濕，長長幼枝

筍殼頂的水滴業業熠
撓動綿綿仔雨的記智
「現挶的上鮮⋯⋯」
彼年，黏著笑意的話語
記錄瑞里竹林跤，參伊
公傢桂竹筍的生甜

2013.04.18

等待一條歌

一粒酒醉的星
跋落
滑對天邊去的時
猶佫呶（ngàu）呶念…

伊坐置窗前
佮星對飲清芳的寂寞
洶洶　收著洩漏的天機
…有一條歌…一條歌…

冷風輕輕捭開伊的窗仔簾
月娘恬恬心痛
燈火伴著希微的形影
一本冊攏是停蹛彼頁

朗白的彼頁
等待欲寫入一條歌

等待欲畫出一個夢
盼望青春毋免家己行

時間給伊的形影沖無去
月光照著變黃的冊頁
遠遠　遠遠
若像傳來一條歌
輕輕呼喚伊的名

2005.11.18
發表置《台文戰線》2006.04第二號

無題

枯礁的日子
冷風吹落情緒
猗置四過無人的驛站
恬恬掀開記憶的布籬仔
看园置遠遠彼幅圖

互心歇置你堅實的胸崁
（像尾蝶仔歇置花房）
我目珠契契
相敆的目睫毛外口
你幼語如絮如潮水

你幼語如絮如潮水
　　（溫暖的海面
　　　春日的金線輕輕搖動）
一湧溢近來
　　　潤濕心房

一湧送遠去
　　　帶走不安
波潮遠遠⋯近近⋯
　　　近近⋯遠遠⋯
如歌的行板
搖出一个媚媚的夢

冬日希微的驛站
我共手伸入去記憶的圖裡
捧（phóng）出一粒燒烙的日頭

2007.12.22
發表置《台文戰線》2008.04第10號

莫甚近

秋清（tshin）的黃昏
大樹跤，人佮樹椏（ue）的距離
有夠額的蔭通閘涼
幼幼的樹葉仔聲
不時陪伴

渥一叢花的距離
水溫柔滴落花瓣
看會著水光，鼻會著芳唱
身軀免搕（khap）著花蕾

近近；莫甚近
水面一座橋
水底一座橋
永遠對看
畫做一個圓

2009.11.24

發表置《海翁台語文學》2010.03第99期

站橋傷別

徛踮月台等待暗暝慢分的火車
毋甘你孤單關踮車頭內
偏偏閘置第二月台的電車
化作關山萬里
互咱目珠袂凍佫相纏
心憂悶　手機仔響起　「瞻（ta^n）頭
看，天橋頂，孤影底伴妳」

嘉義的夜空下
跨過前後驛的天橋長長
跨過月台跨過十道車路
連接二人毋願放開的眼神
你瘦抽的形影　堅定徛遐
向我搖動的手　置冷冷的燈下
畫出一波一波的離愁

啊！現代的灞橋跤
流光掣我向南流去
斡頭看你
兩粒希微清亮的星
置夜色中慢慢浮起

2006.05.23
發表置《台文戰線》2006.10第04號
收入《台文戰線文學選》（2005-2010）

時間陪我恬恬偄咧

時間置我的身邊
陪我恬恬偄[1]落

窗仔外長長的樹影徂徂停置一葉詩集
曝置陽台頂彼二領衫互風牽咧微微仔搖動
日光薄薄，蟬聲遠遠

有金色的桂花芳悠悠傳來
少年時的阿母坐置灶前
黃昏的日頭光
撫紅伊的頭毛

有白雲對我的頭殼頂飛過
褪肉體的囝仔偄置溪邊的石頭頂
藍天垂到伊的雙手
伊輕輕揪一下
給耳孔內滿滿的水流包起來

---

[1] 偄，音then，躺。

彼個覺（kiò）是[2]甭（pháng）見[3]去的人影
置記憶的暗房漸漸顯明
彼時聽無清楚的一句話
置透明的芳喟裡
一字一字開放

靜靜褫（thi）開目珠
日光薄薄，蟬聲遠遠
時間置我的身邊
陪我恬恬偎咧

2007.06.05
發表於2007.10《台文戰線》第8號
收入《台文戰線文學選》（2005-2010）

---

2 覺是：以為。
3 甭見：不見了。

你的鼾聲

你的鼾（kôⁿ）聲輕輕飛起來
這時，詩人
飽滇的歡喜對我的心肝穎仔
沓沓仔溢出來
輕鬆的心搭著鼾聲的翅股
綴[1]南風
探你夜夜失眠的靈魂

鼻風吹送，是一蕾一蕾的白蓮花
置我，詩人
彼（he）是上嬌的風景
你疲朶的靈魂，沈沈睏落花瓣
置寂靜的暗暝，迴旋

抑是歇置故鄉星光閃熠的田野
抑是歇置用雲霧粧扮的彼（hit）幅山水圖，

---

[1] 綴，音tuè，跟著。

總是
眠一下，為你沈夢未醒的母親台灣
眠一下，互你為台文夯瘁的手骨歇眠

詩人啊
浮沈起落，你微微的鼾聲
是流向月光河的水湧
我的心，是青色的風
守護你的靈魂
轉去　青春的夢

2006.06.08
發表置《海翁台語文學》2007.11第71期

我知影
——予田中央的小路

我知影
你已經備辦好滿天的雲彩
兩爿笑文文的草仔花
演奏著輕鬆樂聲的圳溝仔水
置遐等我

毋免豪華的別莊
咱有田邊彼片小樹林
毋免名貴的膨床
咱有軟毯毯（sím）彼片青草地
珍珠、瑪瑙、鑽石無算啥物
草仔結的果籽、葉仔頂的露水、
黃紅粉白的花蕾
是咱上媠的妝備

一步就是一个唚
將我的心罩你的心

我知影無論頭前猶偌遠
你會陪我到地老天荒

田中央的小路啊
就算我已經睏落甜夢的眠床
我知影月娘光光
照你心腸
是一場心甘情願的海誓山盟

2006.01.02
發表置《海翁台語文學》2013.06第138期

香水戀

千百蕾的玫瑰
激做一滴一滴清芳的珠淚

玲瓏優美的矸仔
將花的清淚
藏置心內

「用我美麗的身軀保護妳
用我上深的愛情安慰妳
用我靈魂唱出的戀歌陪伴妳」

啊！一失手
矸仔破去

珠淚流盡
一粒一粒
呼喚故鄉田野

透早的露水
金色的日光
佮春風柔軟的手肢

然後
花的芳
一瓣一瓣捱開
開做一蕾大大蕾的
白色玫瑰
送予
彼份嵌甲密密的情意

2005.12.21

輯三　春天

教冊三十冬

「三十而立」
孔子公嘛安呢講。
行到茲
就算班級有二三個孫悟空
心頭也定定
歲月淘出若海的心性
毋驚七竅未開的渾沌
「才迄圓熟」
教齡三十，猶袂漚老

這个時陣，有才調倩（theⁿ）置眠床
目珠皮閂絚[1]絚，猶無冗（îng）去
巡教室的門窗
算囝仔的心事
檢查明仔載的空課

---

[1] 絚，音ân，緊緊的。

佫放一隻一隻的羊仔
置目睫毛跳浪斯

這个時陣，窒（that）密密的耳空
有才調利劍劍，共
冷氣的翁翁聲
厝邊的敲硞聲
耳空鬼仔獨享的吱吱聲
身軀反（píng）過來掀過去
眠床窸窸窣窣的吐喟聲
一聲一聲掠牢牢
鬥做一塊「狂想曲」

阿珍講：
「聽英語，ABC較好樂眠片[2]！」

---

[2] 樂眠片：一款愛睏藥。

　　聽乎頭殼愣愣（gông-gông）睏會甜」
阿美講：
「學靜坐，目看鼻，鼻看心
　心靜自然會落眠」
試了佫再試
對手機仔關機到亂鐘仔雞啼
中央的暝猶原長長，長做幾十更

三十年前點焯的火穎
猶烈烈光明
毋過，我敢有才調
共囝仔的笑容煎（tsuan）做藥劑
提來補充互睏神沒收去的喟力？
提來助膽，教育的路繼續行？

逐暝我攏安呢祈禱
——為班上一個過動兒

40分一截¹40分一截
捆仙索一截一截給你縛絯（ân）絯
囝仔，你袂使哩飛

（億萬支翅股置你的每一條血管攑開，
置你幼芷的身軀裡，億萬支翅股噗噗
噗噗躁動）

讀冊聲圍做一个城，你置城外。
你是落置桌跤的一個驚嘆號！
你趴置地板雕刻心事，鉸鉛筆鉸捗仔鉸頭
毛！
你爬過來輾過去，揉袂動笨蹌（tshiáng）的
時間！
你無底飛，
你催動簿仔紙變身的飛凌機，

---
¹　小學一節課有40分鐘。

飛凌機飛過甲的頭殼、乙的目珠，
飛過烏枋，飛過窗仔門……，歇置老師一聲
長長的吐喟。

誰（siang）置你的心肝布密地雷？
誤觸地雷的囡仔伴
額頭浮烏雲，
驚惶飛入去您的目珠。
怒火燒！疼啊！
囡仔，你的拳頭母拍出喝救的信號

＋－×÷，是理袂清的蜘蛛絲！
（漢仔的手機仔置你的冊包裡！）
「換句話說」[2]「照樣造句」[3]，像行入罩霧
的樹林……

---

[2]　「」內是華語發音。
[3]　國小「國語」科迭迭有的句型練習。

（阿偉的小汽車置你的冊包裡！）
唱歌、畫圖、拍球，敢會使哩像風自由四
過去？
（安安的電動玩具置你的冊包裡……）

我嘛想欲像班長敖讀冊，像莉莉敖寫字；
我嘛想欲乖乖，莫提別人的蹉跎物！
你目頭拍結，目屎淪（liàn）落來嘴邊——
遐，互恁老父頓（tǹg）一跤淺拖仔紅記記！
——伊昨昏耍lái-tah⁴，險險給規厝的物件燒
燒去……
恁阿公目眶澹澹，頭嗤嗤（tshi）。

啥款的法術，會凍停止你跤底的風火輪？
啥款的仙丹，會凍互你的心恬靜歇睏？

4　lái-tah，打火機。

啥款的愛，會凍焐（ù）冷你燒燙燙的慾望？
啥款的手指頭仔，會凍點開你金熠熠的智慧？

長偆偆的暗暝
我捌夢過日出天光
世界褪落硬迸迸（piàng）的制服
樹仔一欉一欉莩出青翠的穎
闊莽莽的草埔裡
你徛起來，也走也跳
笑聲飛做一條彩色的橋

囡仔，毋免驚，
教育的摩天大樓
有一雙一雙溫柔的手，
牽你跁一棧一棧的梯；
特別的你，
天使會置頭前的路

為你鋪滿呵咾的歌詩
——逐暝我攏安呢祈禱

2007.11.25
發表置《台文戰線》2008.01第9號
收入《台文戰線文學選》（2005-2010）

春天

囡仔，春天的媠
攏互你抾¹置手巾仔包牢咧矣

你細細支的手指頭仔
像玉蘭花遐爾²清芳
像尾蛺仔遐爾輕巧
恁攢（lng`）過一蕾一蕾的矮仙丹
將紅色的花蕾
變作一綰幼秀的絆鍊

「老師，你媠甲若仙女！」
絆鍊掛置我的胸崁
你燦爛的笑容
開置我的心內
燒燒，是三月溫暖的日頭

---

¹ 抾：音khioh，撿拾之意。
² 遐爾：那麼。

囡仔，
你的笑容裡
有人間失落的樂園
你發光的目珠裡
我看著飛起來的春天

2007.01.08
發表置《海翁台語文學》2007.07第65期
收入安平劍埕詩牆《海翁文庫台語詩100首》

日頭花會永遠紀念

2014年3月18日

立法院會永遠思念這个日子
台灣的少年頭家行出教室
跁入暗毿的國會議堂
拍破烏箱，峙（tshāi）民主的旗

彼是一蕾一蕾金色的日頭花
行入街路，照光濕冷的城市
互貧血的12道光芒白蒼蒼
假苞（pâu）的正義無地藏

已經誠久無看見矣
彼款清氣的色水
已經誠久無焐（ù）著矣
彼款燒燙燙的熱度

立法院會永遠思念
遐个合齊共理想的國度夯懸的目珠

日頭花會紀念這个勇敢的日子
置台灣的每一塊土地
置每一改花開的時

2014.03.21

獻祭
──紀念死諫「微調課綱」的林冠華

褪開硬殼
你是自由的獵鴞

怒火燒過教育部
喧嘩坐（tshē）底
台灣四過猶有火穎
嗶嗶爆爆點焯
你側耳傾聽，毋甘離開
目珠裡有火光閃熠

你看著矣
遐个堅持程序正義的目屎
清清氣氣，成做一面鏡
照出您偷渡者猥褻的狼影
鏡面射出的光箭
拍開儕儕人嚨喉的鎖

大家胸崁挺直
向不義喝聲

火炭已經共你的冤屈烘燋
囡仔,你是自由的獵鴞

這代價是懸的
為著喝醒貧憚擘開的目珠
為著贖回互烏手綁票的自由
你已經完成矣
一改完全的獻祭
就算遐个烏沈沈(sím)的心拒絕純潔
恁嘛無法度閃避
對祭壇飄出來的香(hiu^n)煙

你聽(thing)好飛懸矣
飛離開你為理想設造的祭壇

飛懸，歇佇天頂上光彼粒星
你聽好靜靜看，看
咱的土地自由的花安怎開滿

2015.08.12

堅定

杯仔已經滿矣
溢出來的暗，淚到天頂
嘸嘛驚甲尾溜夾咧，匿入去深淵
烏雲後壁，偆幾粒星拚力喘喟

世界安怎矣？
褪褲𡳞[1]的明星徛置人群的頭殼頂
向西門町展示恁的尻川顏
「開心就好」看枋䀹目假笑：
「加入聯合國？？？
不如加入下流社會！！！」
虛無穿著窘（kun）笑的外衫
共少年人的腦髓一嘴一嘴吮礁

---

[1] 報紙頂，有某一个樂團置西門町的大型看枋，面頂有恁赤身的相片
佮宣傳文字。

暗已經滇矣
（佳哉猶有幾片葉仔發出青色的微光
花嘛持續流出金色的芳味）

蛇的聲趖過街巷
吐出一蕾一蕾烏色的罌粟花：
「拼經濟不拼政治」[2]
「拼未來不拼過去」
怪物的嘴擘開開
共政治藏置嚨喉內底
佫出力欲共歷史的頭咬掉
烏色的瀾滴落來
歷史的孔嘴跂（$sī^n$）甲衝（tshìng）煙

---

[2] 某立委候選人宣傳車話語。

暗雖然淹過希望的頷頸
毋過，一枝清醒的草猶幼聲祈禱
堅定迎接明仔載光艷的日頭

2007.12.18
發表置《海翁台語文學》2008.02第74期

輯四　出日

憂鬱

毋准！
毋准你佫用嚴厲的食指指我，
用一車一車的罪狀詆（si^n）我。
撣（tán）掉彼支虛幻的幻鏡，
彼條一釐都毋走閃去的幼尺，
完美是魔鬼交予你的武器，
欲糟蹋我的靈魂！

（昨昏
徙開伊憂鬱的目光
已經斡頭離開
背影是安怎猶原
重重留置今仔日）

毋准！你
──對創世紀就頭夯懸懸个，

毋准你繼續向明仔載吐出必叉的舌，
繼續寫彼個問號！

2009.03.07

出日

浸誠久囉！
澹漉漉的日頭

浮起來
跁懸，佫跁懸
用家己的溫度
共家己
烘燒

來，
用燒怫怫（phut）的熱情
共凍寒的大地
幔一條圍巾

2014.03.21

失事

鏃（tsok）破水鏡，失速的蠓蟲，壯烈失事
突出水線，游魚開嘴捕掠，完美接殺

一爿互明亮迷惑，一爿置閃光中轉踅，迴旋
進退，蠓蟲佮游魚，合作一塊死亡圓舞曲

2014.03.20

突然

梅雨過，青草地，膨皮的小白菇
一蕾一蕾古錐放伴，專家講
彼有毒，欣賞就好

伊的大腸裡，一粒一粒紅霓（gê）的肉瘤
結陣氅鬏，醫生講
驚會變性，上好提掉

2015.05.27

暫歇現代驛站

放日光自由
穿過規片落地窗
飛過濛濛雨簾
飛過永遠和無盡尾的道路走鏢的輦
飛過，飛過，飛過
街邊的樹椏（ue）
天邊的樓尾
飛過無涯的思維之海
飛過心頭彼窟雨水的照影

目光飛出
講是「你家」的「全家」
飛出旅客疲勞的肉體
袂記得，閒置頭前的透明也是
一堵牆

2014.03.11

釣

其1.
肩胛頭甚薄！

共海翁的憂愁
生活交代落來的心事
交予浮動
直直！
種入水的心

其2.
自安呢收到你的信息
彼頭，你輕輕啄一下
輕輕　啄一下
倩予我一絲一絲的水紋
結　滿天的白雲
纏　滿城的蟬聲

其3.
啥物貨攏釣我袂著矣!
就算心事淘盡
就算…海翁憂愁的目光

2008.05.26置億載金城
發表置《台文戰線》2008.07第11號
收入《台文戰線文學選》（2005-2010）

跋落的音符

神哪！
我是對你琴線頂跋落的音符
揣無家己的位置
呵咾的歌詩
戰鬥的曲調
快樂抑是哀愁
我攏無份

若是我軟洴（tsiáⁿ）無力
若是我癩膏爛瘩
你敢猶會愛我，如同你園中的百合？
你敢猶會保惜我，若你目珠裡的烏仁？
你敢會伸出指頭仔，對虛空
輕輕共我拈（ni）轉去

2015.04.30

路，你欲走對佗位去？

精神躁鬱的街頭
人聲喝吵五光十色
你著驚頭眩，雄狂起跤逃走

逃到戈壁，跮到天涯
佮天星、風沙合譜一曲大漠之歌
旋到山頂，盤盤搖搖
向清風明月，白雲山鳥
討一則神秘的傳說
攢入海底
有海草魚群作伴
走揣遺失的美麗神話

毋過
人綴來！車逐來！
人綴來……車逐來……

歌聲消失，傳說變形
神話的面容破做碎片

帶著厭倦的靈魂
路，你欲走對佗位去？

發表置《海翁台語文學》2007.01第61期

答案

心肝仔你誠敖（gâu）
共生命的謎拆做一片一片，挨置
風的芳
石頭的倔強
光影的奸巧
囝仔的目屎
老人的笑容
查某人的勇敢⋯
阮瞻（ta^n）頭、偃（á^n）身、伸手、蹔
（tsàm）跤
愻攏置遐

我知
你共答案囥置彼扇門後壁
有一工阮攏會揀（sat）開彼扇門，遐
敢有一个粉紅色的批囊
貯（te）一个趣味的答案？

我甲意這个齣頭
置生活的走傱中，有時
覷（tship）著門後洩出的微光
想像，匿（bih）置趑諮（giat）諮仔笑
彼个心肝仔的你

2014.02.25

輯五　天迗伯佮瑪利亞

詩心

你講
你有看見一粒七竅玲瓏的詩心
包甲密周周
藏置保險箱仔

你敢毋知
伊加著七層鎖
鎖匙
甫見置拋荒的歲月
沉落置記憶的溪河
千找都找無

泛勢　保險箱仔抑無詩心
上儕　偆一支生銑的劍
像秦墓兵馬俑仔所夯彼支
未曾出鞘

2005.10.06
發表置《海翁台語文學》2007.01 第61期

伴

你伸手
共我揪入一片
已經生份誠久的風景
軟聲好語嘫（siâⁿ）我前行

這个新天地
大家的汗比鹽較鹹
堅心播種，殷勤渥水
齊心等黃酸的穎開花結子

時時有冷風吹來
若是停跤軟手
瞻（taⁿ）頭
總是有你溫暖的笑容
做伴

2015.07.26

揣¹

催動急促的經文
一字一字，一逝一逝（tsuā）
搜每一支水草，問每一片水萍
走揣彼尾戀水的冤魂
毋願放開，聲音的索仔牽長長
綴冷風搖置水面：
轉來喔——　轉來喔——

插頭已經拔掉
生命陷入一部失速的電梯
B1、B2……B18……
墜落啊
斷線的風吹
置水面頓（tǹg）一蕾水花的印記
水門揉開

---

¹　揣，音tshuē，尋找。

心疼的面容愈印愈薄
熟似的音調愈漂愈遠
潽潽（phú）的單行道
最後倅一條透明的孤魂

昨昏今仔日明仔載
攏綴地球停止
你佮我佮伊
齊絞入水螺仔狀　漩入虛無的腹肚裡
啥人設的？起手無回！
我是翻頭無路的棋子（gí）

佛祖！佛祖！你的手咧？
抑無，請你施捨蓮瓣一片！

轉來喔──　緊轉來喔──

遠遠的釣客無聲
共釣鈎拋向破碎的彩霞
一個問號
　　倒頭栽
飛過夕陽　慢慢沉落　敢
釣會著彼個答案？

附註：釣魚的時，聽人講看著有人置水邊超渡投水的亡
　　　魂有感。

2007.05.05
發表置《台文戰線》2007.07第7號

放手

你總是討厭落雨
這改，你無拒絕雨水最後的洗禮
早起日光唉醒滿山綠葉
而（ah）你，干焦置樹跤留落來一踏烏影

我的筆賭強毋流半滴目屎
據在你孤單的身影
置每一个恬靜的暗暝
行過月台，行入山路
歇置彼欉懸懸的樹尾

應該共你鍛鍊互勇健在腹
通抵抗空虛的蛀蟲
應該予你感受夠額的愛
通挺你行鑿心的路
永，遠，無，去
你應該先感想阮這款無底的痛

拼力阻止殘忍的靈魂
共家己對肉體裡放走[1]

一定有彼一工
憐憫的神會共咱敨（tháu）放
你會捽開翅股飛離開我的腦海
像獵鵰消失置藍色的天篷
彼時我心上的堅疕
也已經結做盾牌
開出一蕾鐵色的映日花

2011.08.28
2011.10發表置《台文戰線》第24號

---

[1] 「阻止殘忍的靈魂，共家己位肉體裡放走。」語出但丁《神曲》。

雷雨暝

烏天，閃電的指揮棒出力一畫
千樂交響萬馬亂蹄
風催動雨鼓擂破厝崁
損甲心房七上八落

盈暗，故鄉的山路敢會勇健？
阿爸的夢敢會安穩？
溪埔的菜園仔敢擋會牢水的大軍？
而（ah）田鼠田鼠咧！
你毋通匿（bih）入去阮爸的夢裡
亂亂傱！

2015.07.20

天送伯佮瑪利亞

牽手的跋一倒了後
厝裡靜靜無人聲
牽手的跋一倒了後
灶跤暗暗無火星
牽手的無佫轉來
天頂一隻大帆船
載伊輕輕飄向西方
伊置船頂微微仔笑

瑪利亞對南爿來
山坑仔底溪水精神唱歌
越南豆跍起哩籬笆
瑪利亞用散赤的北京話
替遠遠的子孫陪伯仔粕豆
冗冗（îng）的時
伯仔愛相西天的雲彩

瑪利亞愛坐置溪邊恬恬
看山鰱仔泅來泅去

2015.07.26
發表置《台文戰線》2015.10第40號

安養院的蔥仔姑

蔥仔姑好命矣！
今仔（tsit-ma）開始
毋免煮飯
毋免洗衫
毋免掔孫

伊紡著二輦的大車
行東往西，坐電梯
衝（tshing）懸落低
笑聲梳過一床一床孤單
關懷穿過一房一房病疼
院裡冷冷的喈絲
漸漸燒絡
現出一領春天

「安妮安妮，這菝仔
阮子挽來的，誠甜！」

伊輪椅坐挺挺
講話威風凜凜有元氣

看護笑笑，嘴吃菝仔那共我講：
恁姑仔是阮安養院的QUEEN

2014.02.08

出日
102

輯六　為刺桐寫一首詩

2012台灣詩路[1]

十个詩人行置台灣詩路
放出嘴的詩句
佮三月的春光輕輕相揻

斑脂樹點焯您的熱情
嗶嗶哼哼，一蕾一蕾
照紅詩人的面

厝角鳥跳懸跳低
遮啄一字，踞拈一句
欲做岫，抑是
欲沉（tiâm）籽？

飄浮的白雲
嘛估一堆，詩句

---

[1] 2012.03.18由台南市月津文史發展協會主辦的「台灣詩路詩歌吟唱會」，有邀請林央敏、李魁賢、吳晟、羊子喬、方耀乾……等十位詩人朗誦您創作的詩歌。

會渥踮台灣每一寸土地
滋養每一粒礁燥的心

2012.04.20
2013.01發表置《台文戰線》第29號

蘭潭觀夜釣

清爽的秋暝
蘭潭褪落七彩的外衫
幪一重潘潘的絲仔
掩崁日時光艷的光彩
掩崁鋪設置入水口
一層（tsân）美麗的誘拐

橋頂一仙一仙拜月的身影
用跋杯的姿勢
共盼望拋向遠遠的天邊
相竝（phīng）徛置橋邊的釣竿
手伸長長
向秋水討一尾上鮮的信息

拍達！　拍達！
空降落水的本島鯽仔
頭殼楞楞（gông）

猶毋知發生啥物代誌
一莇一莇憂悶的青色螢光
巡過冷冷的潭水
畫出一句一句鯽仔的天問：

江湖為啥物存在？
魚蝦為啥物出世？
我這世人命運的美感，
敢講干焦是互人做釣餌？
我敢無家己──啊──

啊──！鰻，是一尾鰻啦！
釣竿揪（giú）起
銀色的月光下
白色的鰻，扭動美麗的神秘
長長的尾溜

釣出一疊驚喜的叫聲
叫聲，縛著一綰欣羨的心情

盈暗穩當欲佫釣歸暝矣囉
——彼排釣竿齊（tsiâu）幌（hàiⁿ）頭

2006.10.09
發表置《海翁台語文學》2007.12第72期
收入李勤岸總編輯《2007台語文學選》

霧鹿峽谷[1]

彼年
霧鹿山谷
神的四季交響曲
春之樂章拄好開始。
——人客啊！來到U-Lu，毋通迂茹[2]
導遊的笑語，伴水流叮叮咚咚
遊客的歡喜，浞濫滿山翠光

石壁金滑，順溪流搌出萬里畫布
無坐船，毋坐車
阮踏跤步慢慢遊賞
互讚嘆飛出嚨喉
一聲一聲
置目珠佮山谷之間轉踅

---

[1] 霧鹿峽谷，置台東縣，是南橫公路上一段誠嬌的峽谷，峽谷石壁色
    彩特出，若一幅展示置天地之間的抽象畫。
[2] 迂茹：音u-jǔ，指個性固執，難以理喻的樣子。

無佫較大膽的配色矣
純烏、純白、純黃……
無佫較大膽的落筆矣
潑一桶烏、抉一簇黃、抹一踏白
石壁頂清氣的色水，
閃熠
高砂族的傳說
靈山的奧秘
以及
詩

絕壁一簇黃
黃玉衝（tshìng）白煙
荸燒氣的水泉
日夜敬天

路邊一窟溫泉
淘洗蟲聲樹影

——恁看！
導遊手指巖壁
壁頂一叢大樹
樹根正正箍出一个台灣形

這陣
萬里壁圖春轉夏
料想色彩猶原，毋知
天龍飯店頭前
彼枝櫻花敢猶苗條
彼隻麝香豬敢猶司奶（sai-nai）
彼个台灣形樹根
敢猶完整？

2011.06.06
發表置《台文戰線》2013.01第29號

濁水溪，我向你泅去

濁水溪，我生命河的源頭
自出母胎的羊水，我著向你泅去，
向你泅去！

水湧聲，是溫暖的搖筍（kô）
一波一波揉嬰仔入甜甜的睏眠
溪水有母親的記得
也寫入最初的神經

猶毋諳字，用拉茹奧聽世界的時
我愛坐置你的身邊
揣拉茹奧內底彼隻神秘的大魚
水花跋落，水花飛起
我明明看見
彼隻海翁偷偷仔置遐匿
陰陰共我看

我猶會記得彼陣斡頭就走，驚惶的形影
耳孔內嘛有彼時胸崁劇烈的丕博聲

國小的時
幼幼的沙是上好的批紙
一遍一遍寫我的名字
寄予溫柔的溪水
天地曠闊，秋風微微，上合歌詩
有時比劃蘆葦，置石頭頂跳來跳去
搬著英雄氣概的七俠五義
有時弄手巾，手捏（tēⁿ）蘭指
唱一齣溪水伴奏的歌仔戲

青春的跤步，有一工
綴著溪水行出去
彎彎斡斡，離家千里
若是回鄉

我會恬恬徛置溪邊
互涼涼的溪水
流過我心內的孔嘴
一條溪水儕儕的聲
無全的聲合做一個
溪水透露生命的啟示
少年的心同齊唱
帶著淡淡的傷悲

泅過啊！芷芷（tsín）的紅嬰喜
泅過啊！無憂的囝仔時
泅過啊！少年的青春夢
泅到啊……，中年的思鄉失意

勻勻仔流啊濁水溪
我心靈的原鄉
向你泅去，我，向你泅去

直到銀髮如星
直到魂魄浮做你水面的微光
化做你內面的一滴清水

2006.01.07
發表置《台文戰線》2007.01第5號

初探五里程[1]

路刻入石枋,隨雲嶺起落盤旋
孤線道上孤單車影
一輦貼山壁,一輦吊絕崖
踏油門的跤不時安搭
驚惶的目珠
無心聽濁水溪清氣的幼聲

懸頂生出一塊零星(lan-san)地
賜緊張的旅客暫時停跤,好參
仆(phak)置山跤溪埔的土虱灣
短短交陪,好通放目珠輕鬆,共
一粒一粒的山頭
彎彎幹幹的溪水
溫馴的日頭
貼置西爿天

---

[1] 五里程,官方的地名是合流坪,屬信義鄉,走16線,循丹大林道
過信義鄉的tām-ma-ló(官方名地利村)會到遮。對遮去會當到置海拔
2980公尺懸的七彩湖。

一台烏都嬤（bái）載一雙相黏的人影
是阮置五里程唯一看著的伴
恁講，盈暗欲蓋合流坪的月光
　　　抱滿滿的蟲聲入夢

啊！望
頭前，是斷去的孫海橋
頭前的頭前，是自少年就置夢中徘徊的七彩
湖

共蒼茫的小平原园心內
共安靜的舊山寮园心內
共這對難再相逢的青春戀人园心內
共對山嶺的敬畏收好勢
阮車紡還頭
千山暗，車光下

一尾蛇趖過
消失置深色的暝

2014.03.07
發表置《台文戰線》2015.10第40號

牛稠溪

〈源頭〉

「觀音水瀌無去囉！」
「觀音水瀌無去囉！」

橋拆斷去了後
石壁厚厚的青苔面頂
刻二逝（tsuā）重重的悲歡。
雙腳盤袂過石崖
朝拜美景的目珠
揣無白衣居士幻化人間的身影
此後，牛稠溪邊
香客的跤跡杳杳薄去、疏去……

生份的路接熟悉的景，原來
山壁連天，觀音自在
玉瓶猶原半敧（khi）

粒粒甘泉噴渥
倒出一幅靈秀的山水

水鏡複製峭壁的奇險
孤石直直，掌（thě）置水中央
駛向無盡的時間。
目光潛（tsiâm）入溪潭，順日光
泅過青翠的水草
泅過軟毿毿（sím）的水琉璃
琉璃底，大細粒石頭安靜相偎。

橋斷之後
釣客感嘆山路歹行
魚蝦歡喜石縫生湠
永過總是活袂到成年的苦花仔[1]

---

[1]　苦花仔：一款淡水魚種，就是高山鯝魚，台灣人俗稱苦花仔。

一暝大一寸，一暝大一寸
攢過秋冬，餾過春夏
互空山日月捏（liap）大漢，捏出一尺長的媌

出世？入世？
觀音垂目不語
看一堀一堀潭水清氣
看牛稠溪也走也跳
一路躘出山谷
向西傱去

〈平洋〉

順溪路沕入平洋的魚仔
親像沕入長長的暗暝
是安怎日光照袂著溪床
月娘銀色的絲線

攏染做烏綢？
敢講彼ㄅ溪水透明的世界
已經是一ㄅ古老斯古的傳說

睏夢中，捌鼻過一款假若熟似的滋味
苦澀的嘴鰓（tshi）向（n̂g）望祖先吮過的
甘甜
自底健康的腹腸已經豉（sīⁿ）甲烏漚去
為啥物牛稠溪永遠是暗暝？
南洋鯽仔毋知影，鮕呆想攏無
大腹肚的呆仔魚毋知欲問誰。

牛稠溪猶原恬恬忍耐恬恬聽
——飼豬飼鴨場，瀉！轆轆轆轆
——化學工廠，漏！嘩嘩嘩嘩
——人無愛的物件，撣！痛痛痛痛
牛稠溪猶原恬恬忍受恬恬吞

置濁濁臭臭的世界，咱愛吞忍（lún）忍耐
等待透大風落大雨
山內出大水，給毒素沖薄去
等待天公伯仔目珠擘金
共遐（hia）个凌治大自然的手徙開
咱就佫有水清清的好滋味

而今仔（tsit-ma）
來，趁日頭猶袂落山
咱同齊跳起來
出力跳起來
置水面彈一條希望的歌
來，趁日頭猶光艷可愛
咱拍拼來歕噗仔，一个佫一个
噗仔頂會現出天堂的光采

2009.11.09
發表置《台文戰線》2010.01第17號

附記：牛稠溪置嘉義縣，源頭置阿里山山脈西片邊，溪
　　　水位東石出海。牛稠溪置竹崎鄉頂游有一个觀音
　　　水濂，會記得30年前遊客誠儕，彼時溪裡看無啥
　　　物大尾魚仔。最近重遊舊地，才知遐的幾座吊橋
　　　已經拆斷，無遊客軘（thun）踏，水清見底，魚
　　　蝦大尾樂暢，展現台灣天然的媠，對照流置平洋
　　　烏濁漚臭，連魚仔攏泥著化學藥味的牛稠溪下
　　　游，特別互人感嘆。

拋荒的小山村

彼幾塊厝瓦
綴主人離開的跤步跋落土
揪袂牢遠去的背影，瓜仔鬚
猶絯絯捺（lak）著門窗
置風中看望

破去的厝身
瓜藤草花
恁一塊一塊繡補

失落的菜味茶芳
野蜂粉蝶
恁沓沓仔揣，慢慢仔敆（kap）

鄉時[1]阿公的笑容遐爾溫純
囝仔的笑聲遐爾響亮

1 鄉，音hiáng；鄉時，那時候。

阿爸阿母滴落土地的汗潯爾滋養
海面來的風啊！
請你共我講
遮个我欲佗位揣？

2014.03.11

為刺桐寫一首詩

人招：咱來為刺桐寫一首詩

知影：有一个庄頭號你的名
你是祖先的聖樹，有族群的記智

聽講：曩時你置島嶼的每一粒山崙生湠
一定有二蕾鹿仔目珠置你的葉仔縫熠過
一定有一對山豬牙位你的樹箍輕輕划過

彼時：有一隻得欲（beh）寐（bî）去的鳥仔
互你點焯的紅豔驚醒，退个紅豔
互阮平埔祖瞻（ta^n）頭看著，攏會歡喜
喝聲：啊！春天！春天來也！

紲落：有人開始殖（té）番薯
有人準備欲掠魚

我牽影入網想欲搜揣刺桐你
欲看你的枝骨穿啥物衫仔葉？
欲看你的面像開出啥款花蕾？

歸尾：置真實的世界裡
金黃的風鈴花照光台灣
柑仔紅的斑脂烘燒三月
苦楝仔白瓣帶紫的色緻了後
我路過太保一角小城池
看著你開始發功放花氣

結局：我停車行來恰你做伴
斟酌每一絲風聲每一葩紅影
才看出你會將火穎夯懸向天
是因為骨骼貯滿燦爛的意志
就是安呢，我才甘心走揣你

為你寫一首絡理無仝的新詩
刺桐刺桐你本身就是一首詩

2015.05.21
發表置《台文戰線》2015.07第039號

出日
130

輯七　囝仔詩佮譯詩

媒體

你共世界
牽來我的目珠前

歐洲的跤球
　　置我的面頭前飛
中東的飛彈
　　置我的頭殼頂跩[1]
西洋的鬼仔節
　　大家同齊過
非洲枵餓的囝仔
　　目屎嘛滴落來我的心肝底

你互我知影
世界公民我嘛算一个

　　　　　收入真平企業有限公司2008.09出版，
　　　　　　　　《台語讀本》第11冊

---

[1] 跩，音sē，繞轉。

感冒去互醫生看

醫生問我啥症頭，
我講北風嘛驚寒，
走來匿踮阮嚨喉，
害我酷酷嗽。
醫生安慰無要緊，
護士阿姨一支射筒
就會共北風趕走。

收入真平企業有限公司2009.02出版，
台語童謠讀本《騎鐵馬》

我的志願

大漢我欲做醫生，
共記智园轉去阿嬤的頭殼裡，
伊才袂一直問我：
你是誰（tsiâ）？

大漢我欲做畫家，
共世間所有的媠留踮畫布頂，
恁（in）才袂互時間沖無去。

大漢欲做的代誌誠儕，
志願敢干焦會當有一个？

收入真平企業有限公司2008.02出版，
《台語讀本》第12冊

置我的孤獨頂面

原作者：Khalil Gibran　　台譯者：慧子

置我的孤獨頂面是另外一个孤獨，對蹛置遐的人來講，我的寂寞是人群挨揬的菜市仔，我的沉默是混亂的聲音。

我甚（siuⁿ）少年嘛甚生狂，致使揣袂著彼个置頂懸的孤獨，彼片山谷裡的聲猶原給我的耳空掠牢咧，伊的影攔閘我的路，我無法度去。

置遮的山崙頂面有迷人的樹林，對蹛置遐的人來講，我的平靜不過是一陣絞螺仔風，而（ah）我的喜樂干焦（kan-na）是一个幻象。

我甚少年佫甚放蕩，致使揣袂著彼片神聖的樹林，血的滋味挾（kiap）置我的嘴裡，祖先的弓箭抑置我的手裡延蹮（iân-tshiân）轉踅，我無法度去。

置這个揹重擔的自我頂面，有蹛佫較自由的自我，對伊來講，我的夢想是一場置微

微仔光裡的戰鬥，而我的欲望有骨頭窸窸甩甩（suāiⁿ）的聲。

我甚少年嘛甚亂來，致使袂當成做較自由的自我。

除非我會當消滅遐的帶業障的自我，抑是所有的人攏得著自由，無者，欲安怎互我變成較自由的自我？

除非我的根會置烏暗中蔫（lian）去，無者，欲安怎互我的葉仔隨風那飛那唱？。

著等我的幼鳥飛離我用嘴梧為恁起造的岫，無者，置我體內的獵鵰欲安怎飛向日頭？

2015.07.26

附註：譯自Khalil Gibran的〈BEYOND MY SOLITUDE〉，
　　　根據台南新世紀出版社1971.11出版的《先鋒THE
　　　FORERUNNER》版本。

臨終的人佮兀鷲[1]

原作者：Khalil Gibran　台譯者：慧子

等咧，佮等一下，緊咻咻的朋友。
我會讓出，這項無佇用的物件，但甚
（siuⁿ）緊矣，
彼互人過頭緊張佮無路用的苦惱
磨損你的耐心。
我袂互你正直的枵餓
置這个時陣受著耽誤，
毋過這條鏈仔，雖然是喈絲做的
嘛誠歹拍斷。
而堅強的死意
比所有物件佮較堅強，
互軟弱的活念
比所有物件佮較軟弱的活念拖咧。
原諒我，同志；我騫（tshiân）甚久矣。

---

[1] 兀鷲，又名「禿鷹」，本詩譯用「兀鷲」，，一來是欲表示這種鳥
毋是一般的獵鴉（老鷹），二來是「兀鷲」的台語音、調比「禿
鷹」較倍原文vulture。

是記智保持我的精神：
一列遠去的日子、
一仙置夢中度過的青春幻影、
一个叫我的目珠皮袂使得睏的面容、
一句置我耳空內轉踅的聲音、
一支佮我的手相搕（khap）的手。

原諒我，你已經等甚久矣。
今仔時間到矣，一切攏凋零：——
面容、聲音、手，以及共恁帶來的濛。
結已經敨開，
線已經割斷，
毋是食物嘛毋是飲料的物件已經徙走。
倇（uá）過來，腹肚枵的同志，
食飯枋已經備辦好勢，
吃食簡單寥少，
摻濫愛心交予你。

來，共你的喙桮掘入倒爿這踏，
掠開這隻鳥仔的鳥籠仔，
伊的翅袂當佫撲矣，
我欲互伊佮你做夥飛上天
今仔過來，我的朋友，盈暗我是你的主人，
而你是我歡迎的人客。

2015.07.26

附註：譯自Khalil Gibran的〈THE DYING MAN AND THE
　　　 VULTURE 〉，根據台南新世紀出版社1971.11出
　　　 版的《先鋒THE FORERUNNER》版本。

出日
140

含笑詩叢08　PG1488

 出日
　　——慧子詩集

作　　者	慧　子
責任編輯	林千惠
圖文排版	周妤靜
封面設計	王嵩賀

出版策劃　釀出版
製作發行　秀威資訊科技股份有限公司
　　　　　114 台北市內湖區瑞光路76巷65號1樓
　　　　　電話：+886-2-2796-3638　傳真：+886-2-2796-1377
　　　　　服務信箱：service@showwe.com.tw
　　　　　http://www.showwe.com.tw
郵政劃撥　19563868　戶名：秀威資訊科技股份有限公司
展售門市　國家書店【松江門市】
　　　　　104 台北市中山區松江路209號1樓
　　　　　電話：+886-2-2518-0207　傳真：+886-2-2518-0778
網路訂購　秀威網路書店：http://www.bodbooks.com.tw
　　　　　國家網路書店：http://www.govbooks.com.tw
法律顧問　毛國樑　律師
總 經 銷　聯合發行股份有限公司
　　　　　231新北市新店區寶橋路235巷6弄6號4F
　　　　　電話：+886-2-2917-8022　傳真：+886-2-2915-6275

出版日期　2016年5月　BOD一版
定　　價　200元

國家圖書館出版品預行編目

出日：慧子詩集 / 慧子著. -- 一版. -- 臺北市：釀出版，
　2016.05
　　面；　公分
　BOD版
　ISBN 978-986-445-101-2(平裝)

863.51　　　　　　　　　　　　　　105003871

讀 者 回 函 卡

感謝您購買本書,為提升服務品質,請填妥以下資料,將讀者回函卡直接寄
回或傳真本公司,收到您的寶貴意見後,我們會收藏記錄及檢討,謝謝!
如您需要了解本公司最新出版書目、購書優惠或企劃活動,歡迎您上網查詢
或下載相關資料:http:// www.showwe.com.tw

您購買的書名:_____

出生日期:_____年_____月_____日

學歷:□高中 (含) 以下　　□大專　　□研究所 (含) 以上

職業:□製造業　□金融業　□資訊業　□軍警　□傳播業　□自由業
　　　□服務業　□公務員　□教職　　□學生　□家管　　□其它____

購書地點:□網路書店　□實體書店　□書展　□郵購　□贈閱　□其他
您從何得知本書的消息?

　□網路書店　□實體書店　□網路搜尋　□電子報　□書訊　□雜誌
　□傳播媒體　□親友推薦　□網站推薦　□部落格　□其他_____
您對本書的評價:(請填代號　1.非常滿意　2.滿意　3.尚可　4.再改進)
　封面設計____　版面編排____　內容____　文╱譯筆____　價格____
讀完書後您覺得:

　□很有收穫　□有收穫　□收穫不多　□沒收穫

對我們的建議:_____

_____

_____

_____

11466
台北市內湖區瑞光路 76 巷 65 號 1 樓

秀威資訊科技股份有限公司 　　收

BOD 數位出版事業部

....

（請沿線對折寄回，謝謝！）

姓　　名：＿＿＿＿＿＿＿＿　年齡：＿＿＿＿　性別：□女　□男

郵遞區號：□□□□□

地　　址：＿＿＿＿＿＿＿＿＿＿＿＿＿＿＿＿＿＿＿＿＿＿＿

聯絡電話：(日)＿＿＿＿＿＿＿＿＿　(夜)＿＿＿＿＿＿＿＿＿

E-mail：＿＿＿＿＿＿＿＿＿＿＿＿＿＿＿＿＿＿＿＿＿